© 2017, Editorial Corimbo por la edición en español
Av. Pla del Vent 56, 08970 Sant Joan Despí (Barcelona)

corimbo@corimbo.es
www.corimbo.es

Traducción al español: Ana Galán
1ª edición febrero 2017
© 2015 Junzo Terada
Título original "A good home for Max"

Impreso en Arlequin Barcelona

Depósito legal: B.1124-2017
ISBN: 978-84-8470-524-6

UN HOGAR PARA MAX

JUNZO TERADA

EN
una pequeña tienda de un
pequeño pueblo, vivía
un ratoncito llamado Tabi.

Se pasaba el día durmiendo,
acurrucado en su agujero.

Pero cuando las
luces de la tienda
se apagaban y
cerraban la puerta,
Tabi se levantaba
para ir a trabajar.

Tabi barría y fregaba la pequeña tienda. Recogía todo y dejaba cada cosa en su sitio.

lait
lait
lait
lait

Lait

Pomme

Mandarin

fruit

JOUET
Jouons
ensemble

Balle

Colocaba los caramelos nuevos en los tarros.
Un día había regaliz ¡y al otro día, bombones!

Tabi hacía carteles para
que los clientes supieran
dónde estaban los juguetes.

JOUET

Jouons
ensemble

Vvenir
EMMENAGEMENT

Ball

CM-308
FUSÉE LUNAIRE

Le encantaba mirarlos.
Había coches y cohetes, trenes
y pelotas, guitarras y trompetas...

TROMPETTE
Jouons ensemble

Guitare
jouer de la guitare

Venir
Jouons
ensemble

Lo que más le gustaba
de la tienda eran sus amigos:
el elefante Barnaby, la jirafa
Gema, la osa Clara . . .

¿Dónde estaba Max, el perrito?
¿Habría encontrado un hogar?
Ah, no, estaba escondido
detrás de Flipper y Puffer,
los pingüinos gemelos.

Todos los días llegaban amigos nuevos y sustituían a los que ya habían encontrado un hogar y se habían ido con los clientes.

Barnaby, Gema, Clara, Flipper
y Puffer ya se habían ido
a su nuevo hogar. Ahora
vivían con sus
nuevas familias
y jugaban con
los niños.

Pero a Max, el perrito serio
de color azul que llevaba un
collar rojo, nunca lo elegían.

Tabi decidió que tenía
que ayudarlo a encontrar
un hogar.

En verano, Tabi le puso un flotador
para que todos vieran que era el
perro perfecto para ir a la playa.

En invierno, le puso un gorro
de fiesta para que vieran que era
el perro perfecto para jugar
en la nieve.

Tabi hizo todo lo que pudo,
pero en la tienda, el único que
seguía igual que antes era Max.

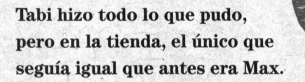

Max siempre estaba a su lado.

Para animarlo, Tabi le puso un sombrero rojo igual que el suyo. ¡Ahora iban iguales! Max estaba tan guapo que Tabi estaba convencido de que pronto encontraría un hogar.

Pero pasaron los días
y Max seguía ahí,
a su lado.

Una noche, cuando Tabi empezó a barrer la entrada de la pequeña tienda, notó que algo había cambiado.

—¿Dónde estás, Max?

Tabi les preguntó al león
Regal y al rinoceronte Zoe
si habían visto a Max,
pero le dijeron que no.

Max nunca se escondía...
¿Se habría perdido?

¿Dónde estaría?

**Tabi tenía que encontrar
a su mejor amigo.**

Se metió en una caja y se quedó
ahí calladito hasta que se hizo
de día. A lo mejor Tabi podía
encontrar a Max durante la ruta
del camión de reparto.

El camión recorrió todo el pueblo. Pasaron por delante del restaurante de la señora Parker, del hotel del señor Díaz y de un colegio donde jugaban muchos niños.

TABI
HOTEL

Recorrieron todas las calles,
pero Tabi no vio a Max por ningún lado.

Cuando ya se estaba
poniendo el sol,
el camión de reparto
regresó a la pequeña
tienda.
—¿Dónde estás, Max?

LE MAGASIN
FERME
À SEPT HEURES.

En el pueblo se hizo de
noche y se encendieron las
luces de la calle.

—¡Max!

El amigo de Tabi sonreía desde una ventana al otro lado de la calle. Max ya no estaba tan serio. ¡Había encontrado un hogar!

Era el hogar perfecto para él.

Todas las noches,
cuando Tabi terminaba
de limpiar la tienda,
cruzaba la calle para
ir a visitar a Max.

Seguía siendo su mejor amigo.